AF609905

INVENTAIRE
Ye 29.812

ADOLPHE PERREAU

AMOURS
DE VINGT ANS

POÉSIES

ALBERT (réponse à ROLLA)
SOIR DE JANVIER
L'INVITATION A LA VALSE
[illegible]
POÉSIES DIVERSES

PARIS
JULES TARDIEU, ÉDITEUR
13, RUE DE TOURNON, 13
1860

AMOURS DE VINGT ANS

POÉSIES

Ye 29812

ADOLPHE PERREAU

AMOURS
DE VINGT ANS

POÉSIES

« Et d'autres jours viendront, et des amours nouvelles,
Et mes jeunes amours, mes amours les plus belles,
Dans l'ombre de mon cœur mes plus fraîches amours,
Mes amours de *vingt ans*, refleuriront toujours. »

A. BRIZEUX.

PARIS
JULES TARDIEU, ÉDITEUR
13, RUE DE TOURNON, 13

1860

1859

A UN POETE

Poëte, sais-tu bien pourquoi nous n'avons plus
Cette force sans nom qui fait les grands poëtes,
Pourquoi nous marchons tous, frappant en vain nos têtes,
Et brisant notre cœur en efforts superflus?
C'est que nous sommes nés dans les douleurs amères
D'un siècle las de vivre, et s'en plaignant au ciel;

Nous étions tous vieillards dans le sein de nos mères,
Et leur lait fut pour nous un breuvage de fiel...
Dès notre premier jour, enfants, nous n'entendîmes
Que des cris arrivant jusqu'à notre berceau,
Que des sanglots profonds, qui, pour être sublimes,
Ne nous berçaient pas moins sur le bord d'un tombeau...
Nous grandîmes ainsi, ne recueillant sans cesse
Que les pleurs des aînés criant : Malheur à toi!
Et d'hier amenés au seuil de la jeunesse,
Il nous manque l'amour, l'espérance et la foi ..

Nous mourons faute d'air dans les sombres murailles
Des villes, — nous mourons dans la fleur des vingt ans,
Car nous n'avons que glace au fond de nos entrailles,
Et ne connaissons tous que la fièvre des sens. —
Le cœur n'est qu'un vain mot, y croire est un blasphème;
Ce n'est pas de nos temps que l'on hait ou qu'on aime,
Et nous ne sommes plus que des spectres vivants.
Nous flétrissons d'abord, puis méprisons la femme.
La chair! Voilà le vrai! voilà le beau! mais l'âme
N'en est que la servante, et nous l'empoisonnons
Des souillures du corps où nous l'emprisonnons.

Poëte, ce spectacle est hideux, et nous sommes
Indignes de nous croire ou nous dire des hommes;
Sortons de cette fange, il en est encor temps :
Frère, nous sommes forts, nous n'avons que vingt ans
Il est plus d'une vierge au front jeune et candide,
Qui cache un doux trésor en son âme timide,
Qui peut toucher la tienne et la régénérer,
Et t'apprendre à sourire, à toi qui veux pleurer.
Ses baisers enivrants te rendront à la vie,
Son amour, dans ton cœur venant se refléter,
Fera s'épanouir ta fraîche poésie.
Oh! l'amour! c'est vers lui qu'il nous faut tous monter.
Lui seul nous ouvrira le monde d'espérance,
Nous y transportera sur son aile de feu;
Entre le ciel et nous qu'importe la distance!
Il saura l'effacer et nous conduire à Dieu.

AMOURS

DE VINGT ANS

ALBERT

RÉPONSE A ROLLA

I

Lorsque je vois la foi s'envoler de la terre,
Son arbre se courber sous ses rameaux flétris,
Et l'homme, spectre errant, trébucher solitaire,
Sans force et sans espoir, sur un monde en débris,
Je regrette le temps du paganisme antique,
Le Destin, seul vrai dieu, tenant tout dans sa main,

Et Junon attachant à sa blanche tunique
Les héros de la Grèce et du peuple romain; —
Les forêts où couraient les ombres des Dryades,
Les Sylvains, que cachait l'écorce des bouleaux,
La Nymphe au doux regard, les plaintives Naïades,
Qui mêlaient leurs soupirs au murmure des eaux.
Je regrette le temps du culte druidique,
Où le Gaulois vainqueur se sentait jeune et fort,
Les grands bois respirant un souffle prophétique
Où Velléda marchait avec sa serpe d'or,
Où Norma s'inclinait devant le gui des chênes
Et disait son mystère aux peuplades prochaines;
Je regrette surtout le temps où nos aïeux,
Voyant la croix du Christ tendre ses bras funèbres
Et les rayons du Ciel éclairer les ténèbres,
S'agenouillaient, tremblants, en y fixant les yeux.
Temps heureux, âge d'or du monde à sa naissance,
Sublime de grandeur et de naïveté,
Où ne s'effeuillait pas la vivace espérance
Au souffle destructeur de l'incrédulité.

O Christ! je suis de ceux que ta parole enivre

Et qui daignent encor feuilleter ton saint livre;
Je vais m'agenouiller sur les pavés sacrés,
Laissant tomber des pleurs sur tes pieds adorés;
A mes lèvres encor se suspend la prière,
Mon cœur monte vers toi dans l'ombre du saint lieu,
Et, lorsque je te vois cloué sur ton Calvaire,
Je m'incline, Jésus, comme devant mon Dieu.
Non, ta croix, Rédempteur, n'est pas une poussière
Que l'on disperse au vent après t'avoir béni,
Et plus d'un pèlerin, se frappant la poitrine,
Va voir, en t'invoquant, si ton ombre divine
Ne plane pas encore au mont Gethsemani.
Ce sont les insensés qui ne veulent plus croire;
Mais il en est aussi qui savent, Fils de Dieu,
Serrer entre leurs bras ton crucifix d'ivoire
Et le coller ensuite à leurs lèvres en feu.

Oui, tout périt, hélas! tout chancelle, tout tombe;
Le monde s'est fait vieux, Seigneur; — l'humanité,
Pâlie et moribonde, a le front dans la tombe,
Et sourit au seul mot de l'Immortalité;
Mais il en est encore, altérés de croyance,

Qui, pour vivre ici-bas, ont besoin de la foi,
Pour qui verdit encor le rameau d'espérance,
Qui, cherchant un appui, se rattachent à toi.
Il en est qui, sentant les Esprits des ruines
Les effleurer de l'aile et leur glacer le front,
Supportent comme toi la couronne d'épines,
Et demandent le jour où leurs maux finiront ;
Il en est, cœurs saignants de profondes blessures
Qu'en les touchant un jour l'amour seul peut fermer,
Qui, maudissant le doute et craignant ses morsures,
Ont besoin d'espérer et plus besoin d'aimer.
Ils comprennent, ceux-là, dans ce siècle profane,
En cet air corrupteur où tout front pur se fane,
Que l'amour de la terre est un sacré milieu
Qu'il nous faut traverser pour remonter à Dieu;
Et, quand ils l'ont trouvé, quand leur fraîche jeunesse
S'embauma des parfums d'une céleste ivresse,
Quand ils l'ont consumée à bénir et souffrir,
Ils croisent les deux bras, et sont prêts à mourir

II

Albert avait vingt ans, et sa pâle jeunesse,
Comme une fleur sans eau, desséchait sans amour;
Il n'avait ni parents, ni frère, ni maîtresse,
N'avait jamais connu que des amis d'un jour.
On le disait blasé, sans âme et sans croyance,
Affamé de débauche et profond corrupteur;
Les marchands de vertus en avaient presque horreur;
L'on ne soupçonnait pas que, perdant l'espérance,
Il était à vingt ans le martyr de son cœur,
Libertin par dépit, cynique par douleur.
S'il dormait quelquefois dans la couche souillée
D'une fille de joie à la voix éraillée,
S'il venait acheter dans ses bras épuisés
Une étreinte glacée et d'aussi froids baisers,
C'est que, seul dans son lit, une affreuse insomnie
Promenait jusqu'au jour dans les plis des rideaux
Un fantôme idéal qui poursuivait sa vie,

Qu'il voulait embrasser, bon ou mauvais génie,
Que voyant toujours fuir, il fondait en sanglots.

Oh ! tu n'as jamais vu, toi, trop heureux vulgaire,
Pour qui toute la vie existe en la matière,
Oh! tu n'as jamais vu cette ombre traverser
Les rêves de tes jours et tes nuits de souffrance :
Ton cœur est un problème, et jamais l'espérance
Ne troubla ton sommeil ou ne sut le bercer.
Jamais un spectre rose, incliné sur ta couche,
Ne t'a baisé le front, comme un ange gardien,
Jamais tu n'as senti le souffle de sa bouche
Voltiger sur ta lèvre et se mêler au tien.
Tu n'as jamais souri de ce divin sourire
Qu'allume dans les yeux une âme qui soupire ;
Jamais tu n'as pleuré quand, ayant entr'ouvert
Ton cœur aux longs désirs et tes bras à l'étreinte,
Tressaillant tour à tour de bonheur et de crainte,
Tu ne pus embrasser que le vide de l'air !
Et c'est vous seuls, amants de cette ombre idéale,
Suppliciés d'amour, poëtes ignorés,
Entraînés malgré vous sur la pente fatale,

Qui connaissez Albert et qui le comprendrez.

Albert se criait haut un heureux de la terre,
Un enfant du plaisir et de la volupté.
La misère le prit lorsque mourut son père;
Mais il voulait dorer jusqu'à sa pauvreté :
Marcher l'égal de tous, — c'était là sa fierté.

Il méprisait la foule, et la pâle misère
Couverte de haillons lui soulevait le cœur;
Se tuer, disait-il, est ce qu'il reste à faire,
Quand Dieu condamne l'homme à l'amère douleur
De mordre dans un pain pétri de sa sueur.

Il était cependant chrétien tout comme un autre,
Il lisait l'Évangile et savait l'admirer;
Mais, venant à songer quel destin est le nôtre,
Malgré toute promesse il n'osait espérer,
Et blasphémait alors, — s'il ne pouvait pleurer.

Il était ce qu'on nomme un pilier de tavernes,

Et, la nuit, quelquefois dormait, comme don Juan,
Sur le pavé fangeux, aux lueurs des lanternes;
Mais, devant une vierge au regard souriant,
L'endurci débauché tremblait comme un enfant.

C'était bien, à tout prendre, une nature étrange,
Mélange singulier de bon et de mauvais;
S'il n'eût été mortel, il aurait fait un ange;
Il répondait souvent, si tu le condamnais,
Toi qui viens m'accuser, dis-moi donc où je vais.

Où tu vas, insensé! Mais où vais-je moi-même?
Où va le monde, hélas! c'est l'éternel problème
Que nul ne résoudra, s'il n'interroge Dieu.
Malheur à toi, malheur! pauvre enfant des ténèbres
Qui le demande au monde avec des cris funèbres;
Tu mourras, faute d'air, en ton étroit milieu,
Si tu ne vois un jour, cheminant sur ta route,
L'idéal de ton cœur qu'en vain cherchent tes yeux,
S'il ne vient éclairer pour toi l'ombre du doute,
Et te crier : Courage! en te montrant les cieux.

III

Par cette nuit d'août, que fais-tu, jeune fille,
Debout sur ce balcon, ta tresse brune au vent?
Contemples-tu de loin l'étoile d'or qui brille,
Les bois berçant dans l'air leur feuillage mouvant?
Que te disent, enfant, la nature endormie,
Ce grand ciel azuré, ces rameaux frissonnants?
N'entends-tu pas parfois comme une voix amie?
Ne sens-tu pas, dis-moi, passer en même temps
Comme un souffle d'amour en tes cheveux flottants?
Oh! reste, reste ainsi! J'aime ton front qui penche
Sous le folâtre essaim des rêves de seize ans,
Comme un beau soir de mai courbe une jeune branche
Quand viennent s'y poser les oiseaux du printemps;
J'aime voir ondoyer ta longue robe blanche,
Et tu viens d'apparaître à mon œil ébloui
Comme un ange noyé dans l'ombre de la nuit.
Oh! reste, reste ainsi, vierge candide et pure,

Sondant de ton regard la profonde nature ;
Entends chanter en toi les songes de ton cœur :
Le bonheur, même en rêve, est toujours du bonheur !

Par de semblables nuits, autrefois, Juliette
Recevait Roméo sur le balcon doré,
Et l'enivrait d'amour jusqu'à ce qu'inquiète
Elle lui dit : Écoute... entends-tu l'alouette ?
C'est le matin, hélas ! Adieu, mon adoré !
O pâle Roméo, toi dont l'ombre immortelle
Doit faire tressaillir toute âme de vingt ans,
Au fond de ton cercueil, dans ta nuit éternelle,
Ne sens-tu pas encor frémir tes ossements
Au souvenir lointain de ces heures d'ivresse
Où, d'un dernier regard embrassant ta maîtresse,
Immobile et muet sous le ciel vénitien,
Tu lui donnais ton cœur et remportais le sien ?

Mais qui vient comme lui vers ta maison déserte,
Jeune fille ? Dis-moi, quel est cet étranger ?
Tu chancelles, Marie, et ta porte est ouverte ;

Il entre... Je sais tout, pourquoi t'interroger?
Si tu veillais si tard, penchée à ta fenêtre,
C'est que tu l'attendais, le jeune séducteur.
Ah! tu veillas ainsi bien d'autres fois peut-être;
Bien d'autres fois... Mais non, car la sainte pudeur
Fait monter à ton front sa plus chaste rougeur;
C'est la première fois, première nuit d'ivresse
Où de crainte et d'espoir fléchissent tes genoux,
Où tes yeux sont noyés d'une douce tristesse;
C'est le premier instant du premier rendez-vous.

Mais toi, jeune vieillard, qui, dans les soirs d'orgies,
Allumes ton front blême aux lueurs des bougies,
Toi, bourreau de ton cœur, toi, lutteur triomphant,
Que veux-tu donc, Albert, à cette pure enfant?

Albert, pâle et muet, s'approchait de Marie,
Lentement, lentement, à demi rougissant;
Il sentait qu'il vivait déjà d'une autre vie,
Qu'une source d'amour coulait avec son sang.
Mais elle, pauvre enfant! son âme était trop pleine!
Quand passa sur son front une brûlante haleine,

Elle saisit Albert dans ses bras, sans dessein,
Et cacha sans parler sa tête dans son sein.

Amour! ô fol amour! c'est toi le grand coupable!
C'est toi le corrupteur des vierges de seize ans;
C'est toi qui viens toujours, fantôme insaisissable,
Troubler de leur sommeil les rêves innocents!
Jusqu'à ce jour, Marie, à côté de sa mère,
Jamais, jamais encor n'avait levé les yeux
Que pour suivre en son vol l'ange de la prière,
Et pour le contempler remonter dans les cieux.
C'est toi qui l'as séduite, et pousses à cette heure
Le jeune débauché dans sa calme demeure,
Toi qui la conseillais et la faisais rêver,
Quand Albert à sa porte était près d'arriver.
C'est toi le vrai serpent, quand Éva, la première,
Entre l'homme et le ciel pouvant un jour choisir,
Dit sans crainte à son Dieu : Jette-moi sur la terre;
Après avoir aimé, que me fait de mourir?

Eh bien, puisqu'il le faut, aimons! aimons! Qu'importe?
Laissons aller le cœur au souffle qui l'emporte,

Ne tremblez plus, enfants, et donnez-vous la main;
Le présent est à vous, vous ignorez demain.
A genoux devant toi, vois ton amant, Marie;
La source de ses pleurs n'est pas encor tarie,
L'amour les fait monter à ses yeux languissants.
Allez, oubliez tout dans l'ivresse profonde :
Le passé, l'avenir, et la vie, et le monde;
Fondez en un baiser vos deux cœurs palpitants.

IV

As-tu trouvé, Musset, au fond d'une autre sphère,
La paix et le repos qui te fuyaient toujours?
Bois-tu l'oubli profond des douleurs de la terre
En étanchant la soif de tes folles amours?
Ce fut un vent de mort qu'en ta sombre tristesse
Tu soufflas, ô mon maître! au front de la jeunesse,
Lorsque, de toute foi grand esprit contempteur,
Tu dispersais, hélas! les cendres de ton cœur.
Tu brisas d'un seul coup sa force et son génie;

Elle te bénissait, croyant t'avoir compris,
Et tu sonnas le glas de sa lente agonie
Avec tes longs sanglots et tes funèbres cris.
De ta tombe aussi, toi, soulèves-tu la pierre
Pour venir dans la nuit t'asseoir à son chevet,
Pour l'entendre pleurer sa lugubre prière,
Blasphémer du bonheur que son âme rêvait?
La vois-tu sans pitié courir avec folie
Au fond des cabarets se barbouiller de lie,
Descendre au carrefour chercher la volupté,
Et la mort, maigre sœur, qui marche à son côté?
N'importe! Suis-moi donc, grande ombre de poëte!
Tu convias Voltaire au souper de Rolla;
A ton tour maintenant : je t'invite à ma fête;
Incline-toi, Musset, l'ange d'amour est là.

L'aube argentait déjà la campagne; Marie
Avait fermé les yeux et s'était assoupie,
Les bras nonchalamment étendus sur le lit,
Belle comme l'Amour, pâle comme la Nuit.
Ses cheveux dénoués ruisselaient sur la couche,
Sa tête se penchait sur l'épaule, sa bouche

S'entr'ouvrait doucement à son souffle endormi,
Et son sein rose et blanc se montrait à demi.
Albert la regardait alors avec ivresse,
De ce regard d'amant plus doux qu'une caresse,
Ardent comme un baiser, profond comme le cœur,
Et qui sait mettre en nous pour dix ans de bonheur.
L'un de ses bras pendait hors du lit, et sa tête
Touchait sur l'oreiller la tête de l'enfant;
Leurs corps se dessinaient dans les plis du drap blanc,
Et du matin doré la lueur indiscrète
Sur le couple amoureux se jouait en tremblant.

Marie en s'éveillant promenait autour d'elle
Ses grands yeux éblouis. « Oh! que vous êtes belle! »
Dit Albert en mettant à son front un baiser.
« Je viens, lui dit l'enfant, de faire un rêve étrange :
Nous nous étions assis sur le bord d'un sentier,
Vous me parliez ainsi, quand tout à coup un ange,
Un séraphin du ciel sur nous vint se poser,
Nous baisa tous les deux et nous prit dans son aile;
Puis il nous emporta dans un monde inconnu. »

Et sous ses longs cheveux voilant son beau sein nu :
« Ami, que pensez-vous de mon rêve ? » dit-elle.
— Quand Albert releva la tête, de ses yeux
Maria vit couler des pleurs mystérieux.

« Vous pleurez? vous pleurez? Pourquoi cette tristesse?
Dit l'enfant, essuyant avec une caresse
Ces pleurs qu'elle sentait ruisseler sur sa main.

« — C'est, répondit Albert, que j'ai peur de demain.
Quand je me sens ici, près de toi, quand je songe
A ce monde qu'aussi j'ai cru voir s'entr'ouvrir,
Il me semble, vois-tu, que je fais un beau songe :
Je crains de m'éveiller et je voudrais mourir.

« — Mourir ? Pourquoi mourir? dit la belle étonnée,
La belle aux longs yeux noirs ; si je me suis donnée,
Penses-tu que ce soit en songeant à la mort?
Mourir ! Mais le ciel bleu resplendit de lumière,
L'oiseau chante en les bois, la source coule encor,
Les larmes du matin rajeunissent la terre,

Et le soleil sur elle épand ses rayons d'or.
Mourir, et vous m'aimez ! mourir, et je vous aime !
Être à nous d'hier soir et nous crier adieu !
Vous qui venez ici proférer ce blasphème,
Croyez-vous à l'amour et croyez-vous en Dieu? »

Albert de ses deux bras entoura sa maîtresse,
Dont les sanglots du cœur étouffèrent la voix ;
Un sourire céleste éclaira sa tristesse,
Et dans un long baiser il soupira : « Je crois ! »

Paris, juin 1859.

SOIR DE JANVIER

— Ami, quand vient la nuit, la nuit froide et sereine
Dont l'ombre ensevelit le sommeil et l'amour,
Où l'un trouve l'oubli d'une douleur prochaine,
L'autre l'oubli plus doux des longs soucis du jour,
Pourquoi donc attacher sur cette page blanche
Votre regard rêveur et votre front qui penche,

Et demeurer ainsi courbé jusqu'au matin?
Voyez, la flamme pâle en le foyer s'éteint,
Le vent d'hiver s'élève et siffle en la serrure,
Le ciel est dépeuplé des étoiles du soir,
La grêle bat la vitre, et morne est la nature
Comme un vaste tombeau sous son couvercle noir.

— Enfant, dormez en paix; c'est l'heure du silence,
C'est l'heure où vers le ciel le poëte s'élance,
Celle où son cœur s'épanche en toute liberté
Quand tout rentre en repos dans la grande cité;
Semblable à cette fleur qui, le matin fermée,
Attend l'ombre du soir, le souffle de la nuit,
Pour s'ouvrir et mêler son haleine embaumée
A l'air qui la caresse avec un léger bruit.

— Ami, regardez-moi : ne suis-je donc plus belle?
Mon front est-il plus pâle ou mon regard éteint?
Et mes bras, l'autre jour, ô rêveur infidèle!
Vous semblaient-ils moins forts quand ils vous ont étreint?

— Ton front est toujours rose, ô ma jeune maîtresse!

Une flamme brûlante allume ton œil noir,
Et, quand sur ton col nu flotte ta longue tresse,
Ma folâtre amoureuse est toujours belle à voir.
Tes bras voluptueux ont une étreinte ardente,
Et, lorsqu'autour du cou Ninette se suspend,
Mieux vaudrait essayer de sa main impuissante
A dégager son corps des replis d'un serpent.

— Et pourquoi donc alors délaissez-vous Ninette
Pour ces rêves sans fin dont son cœur est jaloux?
Ninette qui vous aime, et soupire inquiète
Lorsque votre froideur la fait douter de vous?

— C'est qu'il en est une autre, aussi jeune, aussi belle,
Qui, tout enfant, encor sut me charmer un jour,
Qui ne veut pas non plus que je sois infidèle,
Dont ma vie est la vie, et que j'aime d'amour.
Celle-là, vois-tu bien, c'est la sœur du poëte,
Sa plus constante amie et son ange gardien;
C'est, ne l'outrage pas, c'est la Muse, Ninette,
Qui veut que le cœur parle et ne lui cache rien.
Un soir, j'avais quinze ans, à l'ombre d'un platane,

Écolier je rêvais en traduisant Byron,
Elle vint m'éveiller en me baisant au front;
Elle m'apprit dès lors, loin du monde profane,
A comprendre sa langue, à l'épeler tout bas,
Et depuis ce jour-là ne m'abandonna pas.
Je lui disais ma joie, elle essuyait mes larmes;
Elle savait sourire et pleurer tour à tour,
De sa sainte amitié je connus tous les charmes,
En même temps surtout que je connus l'amour.
O Muse, ô douce sœur au front mélancolique,
Dis-moi, te souviens-tu de nos vallons cachés,
De nos nuits de septembre au bord de l'Atlantique,
De nos rêves du soir au milieu des rochers?
Nous avions dix-huit ans, nous ignorions la vie,
Ou plutôt la savions un peu moins qu'aujourd'hui,
Dieu nous paraissait grand dans sa sphère infinie :
Nous tombions à genoux et nous comptions sur lui.

Depuis ce temps, Ninette, hélas! j'ai vu l'automne
Plus d'une fois déjà flétrir les bois jaunis;
J'ai vu de plus d'un front s'effeuiller la couronne,
Briser bien des liens que l'amour a bénis;

J'ai sous des cieux divers promené ma jeunesse,
Me jurant mille fois de ne jamais aimer,
Et dès le lendemain oubliant ma promesse,
Ouvrant encor mon cœur à sa première ivresse,
N'osant croire qu'hier je voulais le fermer.
Mais partout, et toujours, ma Muse bien-aimée
A soufflé sur mon front son haleine embaumée,
Veillant à mon chevet, épiant tous mes pas :

Aime ta sœur, Ninette, et ne la maudis pas !

A ELLE

On l'a dit bien souvent : ici-bas toute chose
A son but pour lequel Dieu l'a voulu former :
Le papillon est né pour vivre avec la rose,
Pour s'enivrer des fleurs où son aile se pose,
Les fleurs, pour embaumer;

L'aigle pour s'élancer, libre à travers l'espace,
Hors de ce monde étroit qui nous doit enfermer,
L'oiseau, pour se jouer dans la brise qui passe,
Et vous pour rayonner de candeur et de grâce,
Et moi, pour vous aimer.

Oui, je veux vous aimer, mais d'un amour sévère,
Oui, je veux vous aimer, et vous n'en saurez rien,
Comme un frère, une sœur, comme une jeune mère,
Comme l'on aimerait, s'il venait sur la terre,
Son bon ange gardien.

Votre doux souvenir, ô belle enchanteresse !
Comme l'étoile d'or que suit le voyageur,
Brille dans le ciel pur de ma blonde jeunesse,
Et moi, tout plein de vous, j'emporte avec ivresse
Votre image en mon cœur.

Je l'y caresserai jusqu'à l'heure suprême
Où mon âme fuira vers un monde nouveau,

A l'heure où, sans trembler, l'on peut dire : Je t'aime,
Implorer sans rougir, comme une grâce extrême,
Un pleur sur son tombeau.

Et, s'il est vrai, ma sœur, qu'en cette terre sainte
Où l'homme malgré lui tourne souvent les yeux,
L'âme de son passé conserve quelque empreinte,
Avec elle l'amour de ma jeunesse éteinte
Montera dans les cieux !

Juillet 1837.

SOUVENIR

La route était déserte, et la pâle lumière
Dont la lune argentait l'ombre des verts sentiers
Les laissait voir à peine à travers la clairière,
A peine on entendait leurs pas toucher la terre,
Et le feuillage mort qui craquait sous leurs pieds.

Il lui disait : Je t'aime, enfant ; quoi qu'il arrive,
Je te suivrai partout dans ton obscur chemin,
Car je veux être à toi comme l'onde à la rive,
Comme la feuille morte à la bise plaintive ;
Levons les yeux au ciel, et donnons-nous la main.

Elle disait : Ami, quand je te vis paraître,
Ainsi que Juliette en voyant Roméo,
Je reconnus en toi mon seigneur et mon maître,
Je jurai qu'à toi seul plus tard je voulais être,
Ou que pour lit de noce il faudrait un tombeau.

La route était déserte, et la pâle lumière
Dont la lune argentait l'ombre des verts sentiers
Les laissait voir à peine à travers la clairière,
A peine on entendait leurs pas toucher la terre,
Et le feuillage mort qui craquait sous leurs pieds.

La campagne, noyée en un flot gris de brune,
Murmurait de ces bruits tristes comme un adieu ;

Éclairant de l'enfant la longue tresse brune,
Et glissant sur son front, le rayon de la lune
Semblait en ce moment un sourire de Dieu !

L'INVITATION A LA VALSE

A J. T. DE SAINT-GERMAIN

I

Lorsque du bal bruyant la vive symphonie
Éclate sous le lustre en accords prolongés,
Qu'à la fenêtre ouverte arrive l'harmonie
De la brise chantant dans les verts orangers;

En son rhythme lascif lorsque la valse ardente
Entraîne la danseuse aux bras de son amant,
Qu'elle sent sur son cœur glisser sa main pendante
Et se pâme à demi dans ce trop court moment,
Qui de nous n'a cru voir, aux sons de la musique,
Passer ces rêves pleins d'amour et de souci
Qui nous font à vingt ans le front mélancolique
Et qu'emporte en chantant la note fantastique?...

O Weber! ô Weber! pourquoi rêver ainsi?

II

La valse commençait, légère et cadencée,
Douce comme une voix, tendre comme un soupir;
Au bout de chaque note était une pensée,
Un long frémissement d'amour et de désir.
Stella se reposait à côté de sa mère :
Son sein gonflé battait son corset de satin,

Ses grands yeux, tour à tour pleins d'ombre et de lumière,
Avaient sous leurs cils noirs comme un regard divin.
C'est que, tout en sachant qu'on la dit la plus belle,
Que chacun serait prêt à baiser le chemin
Qu'effleurent en passant sa robe et sa dentelle,
Elle voit Angelo qui s'avance vers elle,
Et dans quelques instants va lui prendre la main.

III

Oh! se sentir au cœur la blessure saignante
D'un amour vrai, profond, de la foule ignoré,
Et voir en ce moment la jeune insouciante
Tournoyer dans les bras d'un rival préféré, —
La main de son amant la presser, et sa bouche,
Dont le souffle embrasé fait rougir son col nu,
Pouvoir baiser au front la tête qui la touche :
Martyre que jamais Jacques n'avait connu !
En vain, faible insensé, debout contre la porte,
Tu viens lui mendier un regard de pitié,

Car lorsque, palpitant, son Angelo l'emporte,
Pour elle ton cœur, Jacque, est comme la fleur morte
Qu'un bouquet effeuillé fit rouler sous son pié.

IV

L'orchestre en longs éclats jetait sa symphonie :
Le chant du violon, plus vif et plus confus,
Se perdait à demi dans la vaste harmonie,
Comme un souffle de vent dans les grands bois touffus.
Stella sentit alors autour de son corps souple
Le bras de son amant plus fort et plus nerveux,
Et, toujours plus ardent, volait le jeune couple,
Le cœur auprès du cœur et les yeux dans les yeux.
Ah ! c'est qu'en cet instant l'on est près du délire,
L'on ignore qui vit et passe à son côté ;
L'on est heureux ! Voilà tout ce qu'on pourrait dire,
L'on sait que sur son sein un être aimé respire,
Et dans ses longs regards l'on boit la volupté !

V

O le bal enivrant! O la valse adorée!
O premières amours de nos frais dix-huit ans!

. . . .

Dans le ciel cependant une teinte dorée
Se mêlait à l'azur des horizons changeants;
Les rayons argentés du jour qui vient de naître
Faisaient pâlir le lustre aux mourantes lueurs,
La brise du matin jetait par la fenêtre
La feuille et le parfum des orangers en fleurs.
C'était l'heure où le bal prend un aspect étrange,
Où bondit la Folie au milieu des danseurs,
Où les sens éveillés font un démon de l'ange,
Où dans les yeux cerclés brille un vague mélange
De désirs insensés et de molles langueurs.

VI

Heure charmante! mais surtout heure fatale
Où le bal n'est qu'orgie et que fièvre d'amour,
Où plus d'une, levant son voile de vestale,
Ne le retrouva plus en s'en allant au jour.
O vierges au front pur, à la pudeur naïve,
Lorsque vient du matin le souffle parfumé,
Gardez-vous, gardez-vous de la valse lascive
Et des enlacements du danseur bien-aimé.
Votre force n'est plus, tout en vous est faiblesse,
Votre cœur fait rougir votre virginité,
Jusque dans vos regards se trouve une caresse :
Les lèvres sont si près! et votre longue tresse
Sait si bien déjouer la curiosité!

VII

La valse se mourait, grave et mélancolique ;
Les notes peu à peu s'éteignaient en pleurant :

On eût dit un adieu. Spectacle fantastique
Que celui de ce bal comme elle agonisant!
Plus calmes, les danseurs respiraient, les valseuses
Se penchaient sur l'épaule et glissaient lentement,
Plus charmantes encore et plus voluptueuses :
Qui n'a rêvé d'amour en un pareil moment?
Oh! que de fois, assis seul en un coin, dans l'ombre,
Regardant cette aurore à la blanche clarté,
Ces femmes, ces yeux noirs ou bleus, rayons sans nombre,
J'ai senti leur reflet éclairer mon ciel sombre,
Mes veines se gonfler d'ardente volupté!

VIII

Les accords expiraient plus doucement. Je t'aime,
Stella, dit Angelo. L'enfant baissa les yeux
Et rougit; car l'amant, en cet instant suprême,
Avait collé sa lèvre à ses cils amoureux.
Or, quand elle passa devant la porte, un homme
L'arrêta d'un regard où le mépris perçait :

Ce fut son seul adieu; car Jacque expirait comme
Une dernière note à l'orchestre vibrait.

. . . .

Qui de nous n'a cru voir, aux sons de la musique,
Passer ces rêves pleins d'amour et de souci
Qui nous font à vingt ans le front mélancolique
Et qu'emporte en chantant la note fantastique?...

O Weber! ô Weber! pourquoi rêver ainsi?

Paris, 1859.

A MON AMI P. DE VASSON

SONNET

A toi, frère, je les dédie,
Ces vers enfants de mes vingt ans,
De la folie et du printemps,
Plutôt que de la prosodie.

Ils peuvent être fort méchants,
Mais ils sont exempts, quoi qu'on die,

De cette odeur de maladie
Qu'ont les écrits de bien des gens.

Accueille-les de bonne grâce.
Ici je borne ma préface,
Et la prends moi-même en pitié.

Préface et vers sont peu de chose ;
Mais sois indulgent, et pour cause :
C'est un tribut de l'amitié.

Paris, 1839.

OLIVIA

FANTAISIE POÉTIQUE

> O Platon! Platon! avec tes maudites rêveries tu as frayé la route à plus d'immoralité que toute la longue lignée des poëtes et des romanciers.
>
> BYRON, *Don Juan*, chant Ier.

I

Nous vivons dans un siècle où chacun tient la plume :
Mon portier l'autre jour écrivait aussi, lui,
— C'était quelque roman honnête, je présume ; —
Pour mon compte, lecteur, je n'en prends point souci.

Chacun peut, après tout, publier son volume;
Mais c'est le moins, morbleu! que je rimaille aussi.

II

Je voudrais te conter une histoire un peu neuve.
Le moyen, cependant? Notre monde est si vieux,
Qu'on a déjà tout dit depuis longtemps : la preuve
Est que je n'ai plus rien à te dire de mieux.
Du reste, je crains fort ce soir d'être ennuyeux :
J'ai relu *Volupté* de monsieur Sainte-Beuve.

III

N'importe! J'ai perdu le sommeil de l'enfance,
Et de quelque façon il faut passer ma nuit
Sans chercher vainement le secours de mon lit.
Je pourrais rire et boire, — écrire est mieux, je pense.

Tout ira bien peut-être avec ton indulgence,
Puis tu t'endormiras si trop fort est l'ennui.

IV

Puisqu'il faudrait toujours que tôt ou tard je vinsse
A t'apprendre, lecteur, que Georges de Kervet
Était de mes amis intimes en province,
Sache dès maintenant que de plus il était
Breton, de race noble, et riche, — qu'il n'avait
Ni parents, ni tuteur, — et vivait comme un prince.

V

Il comptait six chevaux pur sang, — quatre laquais,
Équipages conduits à la Daumont, tout comme
Le baron de Rothschild; — au reste, franc jeune homme
Ayant pour seul défaut d'être fier à l'excès,

Disant comme César, si tu l'interrogeais,
Que roi d'un bourg vaut mieux que sénateur à Rome.

VI

Aussi ne venait-il à Paris qu'une fois
Par an, pour s'habiller à la mode nouvelle,
Prendre une femme au bal et souper avec elle;
Et d'ordinaire même il n'y restait qu'un mois;
Au village natal il demeurait fidèle
Et retournait joyeux pour chasser dans ses bois.

VII

George était cependant ce qu'en le monde on nomme,
Et vous-même, lecteur, — un fort joli garçon,
Sachant se présenter d'une noble façon;
Dans la force du mot c'était un gentilhomme,

Et j'en connais plus d'un qu'à Paris on renomme
Comme dandy parfait, avec moins de raison.

VIII

Il avait vingt-deux ans, portait une moustache,
De longs et noirs cheveux relevés sur le front ;
Pâle comme Werther, rêveur comme Byron,
Il tenait galamment le jonc et la cravache :
C'est par trop de pudeur que ma lectrice cache
Qu'elle l'eût volontiers reçu dans son salon.

IX

D'autre part, il était loyal et magnifique.
Orgueilleux comme un roi, plus hautain que lui, — mais
On le citait partout comme ami sans réplique,
Et l'on n'avait pas tort, lecteur, je le promets ;

Ne m'interroge pas sur sa foi politique :
Lui-même, je le crois, ne s'en connut jamais.

X

Il aimait les Bourbons, étant fils de son père,
Vantait le roi-soleil comme Napoléon,
Adorait la Vendée et lisait Robespierre,
Et, quant aux Orléans, ils avaient son pardon.
Pour chasser le chevreuil si le vent était bon,
Le reste importait peu : c'était là son affaire.

XI

Quel jeune homme bizarre et quel esprit léger !
Combien de mon héros vont faire un grand coupable,
Qui, lisant l'*Univers*, — qui, monsieur Béranger?
A mon avis, du moins, le cas n'est point pendable,

Et plus d'un, disons-le, serait plus excusable
De n'être jamais rien que de toujours changer.

XII

En reste, George était fils du siècle stupide
Où chacun de nous nie avant d'avoir douté ;
Il connaissait Voltaire, il avait lu *Candide*,
Était rempli d'horreur pour la réalité,
Il regardait le ciel comme un grand tombeau vide,
Et prenait en pitié la pauvre humanité.

XIII

Il admirait les arts, il aimait la peinture,
Rossini, Meyerbeer, et la littérature ;
De Musset l'emportait de son souffle inspiré
Dans sa sphère sublime, en un monde ignoré.

Je l'ai surpris souvent contemplant la nature,
Cherchant à la sonder de son œil égaré.

XIV

Il appelait l'amour un besoin de nature,
Comme la soif; — partant, il n'avait point songé
A se mettre longtemps le cœur à la torture
Pour lire en un regard un bonheur partagé.
A son passé jamais, jusques à l'aventure
Que je vais te conter, il n'avait dérogé.

XV

Mais qui de nous, hélas! arrive à la vieillesse,
A cet âge glacé de la première mort,
Sans avoir à jeter un regard de tristesse
Sur quelque amour lointain qui s'efface, et qui dort

Dans l'ombre du passé de sa belle jeunesse?
Nous obéissons tous aux volontés du sort.

XVI

Enfin, lorsque vieillards nous aimons à descendre
Au fond de notre cœur sans guide, sans flambeau,
Lorsque de ce cercueil nous remuons la cendre
Pour y chercher encor quelque vivant lambeau,
Nous trouvons un trésor que la mort va nous prendre,
Un souvenir d'amour qui nous suit au tombeau.

XVII

L'amour, c'est le bonheur; l'amour, c'est notre vie;
C'est le bien le plus cher qu'ici-bas l'homme envie,
C'est l'éternel désir des cœurs les moins constants,
C'est le soleil du jour et la fleur du printemps;

L'amour, c'est notre force et notre seul génie,
C'est notre Muse, à nous, quand nous avons vingt ans.

XVIII

Il nous brûle le cœur de son souffle de flamme,
Il le fait s'entr'ouvrir sous ses lèvres de feu,
Et, lorsque l'idéal que demande notre âme,
N'étant pas incarné sous les traits d'une femme,
Par un triste hasard manque en notre milieu,
Il nous prend à la terre et nous emporte à Dieu.

XIX

Mais, que dis-je donc là? Je crois, Dieu me pardonne,
Que je viens de rimer quatre vers sérieux,
Et pour moi, cher lecteur, c'est vraiment merveilleux.
Moi, sérieux ! Un jour ! Qui le croirait? Personne.

Ce rôle ne doit pas m'aller, et je soupçonne
Que lorsque je le joue il est fort ennuyeux.

XX

George avait pour voisine, au fond de sa retraite,
La brune Olivia, châtelaine à l'œil noir,
Qui sous les marronniers allait rêver le soir;
Elle avait vingt-cinq ans, une beauté parfaite;
Mais George l'accusait d'être par trop poëte,
Et jamais auprès d'elle il ne venait s'asseoir.

XXI

Deux femmes, ô lecteur! existent sur la terre :
L'une, ayant dans le sang un venin de vipère,
Séduisante avec art, plus superbe qu'un paon,
Sans cœur et sans amour, froide comme un serpent,

Plus dangereuse encore, — et qui demande à plaire
Pour traîner à ses pas le fou qui s'y suspend.

XXII

Malheur à l'insensé ! malheur ! car cette femme
Lui mettra dans le cœur la glace de son âme
Quand il aura de pleurs inondé tous ses pas.
Celle-là, vois-tu bien, c'est la maîtresse infâme
Qu'on rencontre en le monde et qu'on ne connaît pas,
La Phryné de salon dont on parle tout bas.

XXIII

Elle est belle, elle est riche : on l'admire, on l'honore
Pour moi, je la méprise et la hais plus encore
Que la fille de joie à l'œil terne, au front peint,
Que la paresse tue et que la faim dévore :

L'une, hélas ! ne se vend que pour avoir du pain ;
L'autre, bassement, cède à son orgueil sans frein.

XXIV

Son amant peut se battre et succomber pour elle,
Mais à la même place elle viendra demain
S'asseoir avec un autre en lui donnant la main,
Et, s'il lui dit aussi qu'il l'aime, et qu'elle est belle,
Elle saura baisser sa paupière cruelle
Vers le sang qui rougit le sable du chemin

XXV

Sans trembler ni pâlir. — Eh ! qu'importe ! On l'adore,
On répète à mi-voix qu'un amant jeune et beau,
Mort pour elle, en tombant la bénissait encore ;
Chacun en est jaloux, c'est tout ce qu'il lui faut,

Et, fière, elle saurait, comme la Belcolore,
Embrasser son rival couché sur son tombeau.

XXVI

Il est une autre femme au front mélancolique,
Plus noble, Dieu merci! lecteur, plus poétique,
Qui laisse aller sa vie au souffle de son cœur,
Chercheuse d'idéal dont le regard sceptique
Brille d'un long désir terni par la douleur,
Et que don Juan, Mozart, eût prise pour sa sœur.

XXVII

Elle a vingt ans aussi, la pâle créature;
La jeunesse à son front, embrassant la beauté,
Exhale le parfum de la virginité;
C'est l'enfant bien-aimé de la douce nature,

Son cœur est sans remords et sa jeune âme est pure
Comme le ciel d'azur par un matin d'été.

XXVIII

Chacun la dit heureuse : on la recherche, on l'aime ;
Cinquante adorateurs ont demandé sa main,
Et tous à ses genoux viennent prier en vain.
Ils s'en vont attristés, mais sans que le blasphème
Ait mêlé son murmure à leur douleur suprême :
Aucun d'eux n'est blessé de ce refus hautain.

XXIX

Vous souriez, lecteur, et vous croyez peut-être
Qu'elle cache un amour que nul n'a su connaître?
Non ; l'amour sur son front jamais ne s'est posé,
Dans son âme d'enfant il est encore à naître,

Et jamais il ne vint ouvrir, dans le passé,
Ses deux bras à l'étreinte et sa lèvre au baiser.

XXX

Et que veut-elle alors, cette belle incomprise?
Ce que nous cherchons tous : l'idéal enchanteur
Dont l'apparition à seize ans l'a surprise,
Que de Musset chanta, que son don Juan rêveur
Demande au ciel muet, à la mer, à la brise,
Dont il presse, pâmé, le spectre sur son cœur.

XXXI

Mais elle, comme lui, doit mourir dans l'attente,
Ne voulant s'arrêter qu'après l'avoir saisi,
Sans jamais ralentir sa course haletante,
Et toujours espérant, et toujours palpitante,

Et promenant partout son immortel souci,
Heureuse de rêver et de souffrir ainsi.

XXXII

Cette femme, lecteur, elle respire au monde :
Le sublime Shakspeare en fit Ophélia,
Gautier fit sa Maupin, George Sand Lélia ;
Et moi-même je viens, dans cette âme profonde,
Hasarder un regard et retourner la sonde,
Car telle en cette histoire était Olivia.

XXXIII

Oh ! que de fois déjà la charmante comtesse,
Caressant dans son cœur, tout débordant d'ivresse,
Le chaste et doux portrait de l'idéal rêvé,
Avait tremblé soudain, croyant l'avoir trouvé,

Et que de fois aussi, sublime de tristesse,
Elle avait vu s'enfuir ce songe inachevé!

XXXIV

Quelle vérité sombre, et pourtant éternelle,
Grand Dieu! que le néant de ces rêves humains
Qui font à dix-huit ans la jeunesse si belle,
Et des sentiers de fleurs des plus âpres chemins!
O fortune marâtre! O destin trop rebelle!
Hélas! c'est le cristal qui se brise en nos mains;

XXXV

C'est le rayon de mars que bientôt l'ombre efface,
C'est l'étoile qui file et tombe au fond des mers,
C'est la bulle d'argent qui crève à leur surface
En moins de temps encor que je n'écris ce vers;

C'est le flot qui s'écoule, et la brise qui passe,
Pleine de cris profonds et de sanglots amers.

XXXVI

Olivia vit George, et de ce jour, peut-être,
Illusion nouvelle en son cœur vint à naître ;
— Ce que pourtant, lecteur, je ne veux affirmer ; —
Mon héros, d'autre part, apprit à la connaître,
Et bref, le temps aidant, il se prit à l'aimer
De cette passion qu'on ne peut réprimer.

XXXVII

Tu vois donc le tableau ; rien de plus simple au monde,
Si j'ai fait clairement cette exposition ;
Limpide ou non, du moins en détails elle abonde,
Et ma muse, dit-on, fut même trop féconde.

N'importe! Nous entrons au cœur de l'action,
Qui touche de fort près à la conclusion.

XXXVIII

Un soir, les deux amants, en une salle obscure,
Causaient l'un près de l'autre et les yeux dans les yeux.
Or la fenêtre était ouverte, la nature
Semblait surprise aussi d'un frisson amoureux ;
La pelouse embaumait et la brise était pure...
Qui résiste en ce cas est par trop vertueux.

XXXIX

Olivia tremblait, — elle inclinait la tête :
Georges, se rapprochant, l'embrassa sur son cœur ;
Un baiser à son front fit monter la rougeur.
Ce qu'il advint, lecteur, point ne t'en inquiète,

Commente seulement ce vers d'un grand poëte :
« Le chemin est si doux du plaisir au bonheur ! »

XL

Il est aussi fort court, et chacun peut l'apprendre,
Si le désir l'en tient, assez facilement.
Remarquez bien qu'ici je ne veux point prétendre
Qu'Olivia se plut à se laisser surprendre ;
Non ; tout ce que je sais, c'est qu'en certain moment
Elle se vit pâmée aux bras de son amant.

XLI

Pour elle, direz-vous, quelle honte suprême !
Lectrice, en cas semblable elle agit sensément,
Un cœur naïf vaut mieux qu'une bouche qui ment.
Elle ne feignit point une douleur extrême,

Sa lèvre s'entr'ouvrit pour murmurer : Je t'aime!
Et tout, par ce seul mot, s'expliquait aisément.

XLII

Mot divin, mot profond que l'on comprend à peine
Dans cet âge d'airain et de mépris profond
Pour tout ce que le ciel nous a donné de bon.
Oh! s'il venait du cœur, plus d'une Madeleine,
Ayant à regretter quelque faiblesse humaine,
Sans prière et sans pleurs obtiendrait son pardon!

XLIII

Un mois s'était passé depuis cette aventure,
Et Georges trop ingrat, — quelle étrange nature!
Qui l'eût prédit naguère, et surtout qui l'eût cru? —
Auprès d'Olivia n'avait pas reparu.

Mon lecteur en sourit, ma lectrice en murmure;
Que fait notre héros et qu'est-il devenu?

XLIV

Bien plus que nous encor la belle s'en tourmente.
Aussi, désespérant de le voir revenir,
Et ne pouvant, hélas! chasser son souvenir,
Elle écrivit à George une épître charmante,
Pleine de doux sanglots, de sourires d'amante...
C'est par là, tôt ou tard, qu'elle devait finir.

XLV

Que lui répondra-t-il, ce galant infidèle,
Que son amour pardonne et que son cœur rappelle?
A sa grande douleur, c'est ce qu'elle ignorait.
Ne sachant qu'il lisait alors mademoiselle

De Maupin, — qu'il l'aimait et surtout l'imitait,
Jusqu'au dernier moment du moins elle espérait.

XLVI

Ce qui n'est, à coup sûr, pour personne un mystère,
C'est que tout fil secret, que le plus fort lien
Finit avec le temps par se briser sur terre,
Sans qu'on s'en aperçoive, et qu'il n'en reste rien;
En vain on le renoue, en vain on le resserre :
Il n'a jamais été qu'un seul nœud gordien.

XLVII

Or il vaut mieux le rompre, alors qu'on le peut faire
En ayant à garder un si doux souvenir,
Qu'il doit de son parfum embaumer l'avenir.
Si l'on a des regrets, l'on agit sans colère,

Et peut-être on s'épargne une souffrance amère,
Celle d'un cœur trompé qui n'a plus qu'à mourir.

XLVIII

Sache que je ne fais, en cette circonstance,
Que révéler, lecteur, le message secret
Qui fit de mon héros un monstre d'inconstance.
Jamais pourtant, je crois, il n'eut tant d'éloquence :
Elle coulait à flots. Qui s'en étonnerait,
Lorsqu'on est averti que Gautier l'inspirait?

XLIX

La comtesse aime George et George l'abandonne.
Que faire en pareil cas? et quel cruel souci!
Flaubert sans hésiter veut qu'elle s'empoisonne,
Et Feydeau, d'autre part, qu'elle imite Fanny ;

Mais je me vois forcé de n'écouter personne,
Puisque d'autre façon ce roman s'est fini.

L

Olivia quitta le monde et l'espérance ;
Elle voulait d'abord s'enfuir dans un couvent,
Puis elle préféra vivre comme devant
Au milieu de ses bois, dans l'ombre et le silence;
Et c'est là qu'on la voit encor rêver souvent,
L'œil hagard, et le front pâli par la souffrance.

LI

Chez mon héros, lecteur, cet amour opéra
Un changement soudain, étrange, je l'avoue;
Et pourtant, qui jamais sut aimer me croira :
A Paris maintenant il vit, il boit, il joue ;

Quand il revient du bois, prenez garde à sa roue;
Ce fou court au galop au bal de l'Opéra.

Paris, avril 1859.

A E. THIAUDIÈRE

SONNET

Nous courions au hasard dans la grande nature;
La nuit tombait, le jour exhalait son adieu,
Tout n'était que parfum, harmonie et murmure,
Vous nagiez dans l'extase, et soupiriez : Mon Dieu !

Des coteaux indécis ondoyait la verdure,
Dans les eaux se peignaient les arbres, le ciel bleu;

L'alouette chantait, et la brise était pure,
L'horizon scintillait d'étincelles de feu.

L'on entendait le son d'une cloche lointaine,
Le grillon par moments gémissait dans la plaine,
Et de molles senteurs embaumaient le chemin.

Ah! bien heureux l'on est, n'est-ce pas, mon poëte,
Lorsque l'on se partage une pareille fête,
Le cœur auprès du cœur, et la main dans la main?

Mai 1859.

A ELLE

SONNET

Je t'aime, mon bon ange, et je veux te le dire,
Mon front pâle à tes pieds, pliant les deux genoux.
Ah! si mon cœur s'ouvrant, le monde y pouvait lire,
Que d'amoureux fervents en deviendraient jaloux!

Je t'aime, comme aimaient dans leur sacré délire
Raphaël Sanzio, le peintre aux grands yeux doux,

Dans Gœthe le vieux Faust, Roméo dans Shakspeare,
Comme l'on n'aime plus aujourd'hui parmi nous.

Ah ! c'est que tu n'es pas un fantôme de femme,
Sans énergie au front, sans passion à l'âme,
Une beauté de cire à la mode du jour;

C'est que tu sens en toi, comme la Fornarine,
Un cœur assez profond soulever ta poitrine
Pour noyer à la fois le génie et l'amour.

A UNE LECTRICE

I

L'on me disait un jour : Répondez-moi, poëte,
Quand le rêve murmure en votre âme inquiète,
Lorsqu'il chante à mi-voix des vers tristes et doux,
Quand sous les longs pensers il courbe votre tête,

Quand vous montez au ciel pour redescendre à nous,
Poëte, dites-moi, pour qui donc rêvez-vous?

II

Vous me le demandiez, vous souvient-il, comtesse,
Qui peut-être lirez ces sixains mal rimés,
Par un de ces matins si purs, si parfumés,
Qu'ils semblent respirer l'éternelle jeunesse?
Je ne répondis rien, j'étais muet d'ivresse :
L'air était si rempli de souffles bien-aimés !

III

Pour qui donc rêvez-vous? Oh! ce n'est pas, madame,
Pour cet homme du siècle aux désirs insensés,
Chez qui la soif de l'or, en déflorant son âme,
Dessécha tout amour, éteignit toute flamme,

Qui, comptant ses trésors, n'a jamais dit : Assez !
Pour qui donc rêvez-vous ? — Madame, je le sais.

IV

Ce n'est pas pour l'enfant aux genoux de sa mère
Auquel il faut cacher que la vie est amère,
Pour l'enfant blond et rose, aux grands yeux, au doux front
Que peut-être trop tôt les soucis terniront ;
Pour nos pâles amis à la joie éphémère :
Nos pensers sont les leurs, — ils vous les rediront.

V

Non ; lorsque nous rêvons dans le silence et l'ombre,
Après le bal joyeux qui nous charme aussi, nous ;
Après les toasts bruyants et les rires sans nombre,
Quand l'âme se recueille et fait le front plus sombre,

Quand nous sentons trembler et fléchir nos genoux,
Madame, sachez-le, nous écrivons pour vous.

VI

Alors, nous relisons les lettres de la veille,
Nous entr'ouvrons le livre où nous avions caché
Naguère, au temps heureux, la douce fleur vermeille,
Qui depuis lentement sous la page a séché ;
La paupière se voile, et pourtant le cœur veille :
On le mutile en vain, il n'est pas arraché.

VII

Que dis-je ? Il est toujours jeune, ardent et vivace :
Plus heureux que la fleur, il ne s'est pas flétri,
Toujours à l'espérance il conserve une place ;
La désillusion n'est qu'une ombre qui passe,

Et pour rouvrir ce cœur qui se ferme à demi
Il suffit qu'un instant un regard ait souri.

VIII

Nous sourions aussi, nous reprenons la plume
Que nous avions trempée au fiel de l'amertume,
Et nous vous racontons, à vous, lectrice, à vous,
Notre inconstant passé, notre présent jaloux;
De nos rêves d'enfant nous faisons un volume
Dont chacun peut sentir le vide, excepté nous.

IX

Et pourrait-on, madame, en demander la cause?
N'est-ce pas notre cœur qui soupire et qui cause
Dans ce mince livret qu'on dédaigne souvent?
Notre âme, toujours prête à la métamorphose,

Qui se laisse emporter au souffle du moment,
Comme un feuillage mort qui tourbillonne au vent?

X

Ces vers dont on se raille et qu'on regarde à peine,
Sait-on combien de fois nous reprenons haleine,
Tandis que tout sommeille, en le calme des nuits,
Pour en faire l'écho de nos rêves chéris?
N'importe! il nous suffit, pour payer notre peine,
D'être relu par vous, par vous d'être compris.

XI

Nous vous voyons, pensive et la tête baissée,
Sous les lilas en fleurs où perle la rosée,
Feuilleter notre livre, et laisser tour à tour
Tomber un frais sourire, une larme d'amour.

Merci, merci, madame : ô la douce pensée !
Que nous importe après que la gloire ait un jour ?

XII

Lamartine pour vous rêva dans le silence,
A vous songea Byron, le sublime inspiré,
Pour vous aussi Musset chanta son chant sacré,
Et lui-même vous dit, si j'en ai souvenance,
Que, fût-elle bourgeoise ou duchesse de France,
« Vive le mélodrame où Margot a pleuré ! »

XIII

Mais, rimeur obstiné, que fais-je ici moi-même ?
Je ne suis, direz-vous, ni Musset, ni Byron ;
Dieu me garde à jamais d'écrire ce blasphème !
Leurs pensers seraient trop à l'étroit dans mon front ;

Et j'attends cependant, comme un bonheur suprême,
Un sourire de vous quand vous lirez mon nom.

1859.

MANON LESCAUT

SONNET ÉCRIT SUR LA PREMIÈRE PAGE DU ROMAN

Manon, tout vrai poëte, en lisant ton histoire,
Se sentit éveillé par un frisson soudain ;
Il disait te connaître, et fut tenté de croire
Que, t'ayant vue hier, il t'aimerait demain.

Ah! c'est que, le matin, perdant toute mémoire
Des serments faits la veille une main dans ta main,

Ruinant sans souci la fortune et la gloire,
Ton cœur tendre et changeant est doublement humain.

Manon, folle enfant, morte au soleil d'Amérique,
Qui fermas lentement ton œil mélancolique
Après avoir encor plus aimé que souffert,

Manon, j'aurais pour toi donné nom et génie ;
Si j'étais des Grieux, j'eusse achevé ma vie
A genoux sur ta fosse au milieu du désert !

A MADAME DE V.

SONNET

Madame, à dix-neuf ans l'on aime bien des choses,
Lorsque l'on est un peu poëte au fond du cœur;
L'on aime le soleil, l'espérance et les roses,
Les sonnets de Pétrarque et l'aubépine en fleur.

Jusqu'au jour où le cœur, en ses métamorphoses,
Rompt le dernier lien qui l'attache au bonheur,

L'on aime le plaisir, et même la douleur,
L'on aime tout enfin, sans en savoir les causes.

Mais plus que tout parfum, plus que toute lueur,
Autant qu'en ses grands yeux le sourire enchanteur
Dont Elle sut un jour m'enivrer la première ;

Autant que son regard, reflet du ciel d'azur,
Moi, j'aime ce baiser, ce baiser doux et pur,
Qui tomba hier soir de vos lèvres de mère.

A UNE JEUNE FILLE

Si j'étais femme, moi, si l'on m'avait aimée
D'un amour grand et fort, comme l'on t'aime, enfant ;
Si l'on avait posé sur mon front triomphant
Des baisers enivrants la couronne embaumée ;

Si l'on avait souffert, si l'on avait pleuré
En murmurant mon nom, ainsi qu'une prière ;

Si j'avais vu ces pleurs mouiller une paupière
Et faire à mon amour un baptême sacré;

Si j'avais recueilli dans mon âme de femme
Ces mots mystérieux proférés à genoux,
Ces longs baisers qui sont le vrai bonheur pour nous,
Ces soupirs, ces sanglots qu'exhalait une autre âme;

Oh! je saurais montrer que ce n'est pas un jour
Qui fait de ce bonheur une vaine fumée!
J'aimerais mieux mourir que vivre sans amour,
Si j'étais femme, moi, si l'on m'avait aimée.

Octobre 1839.

SOIR DE MAI

SONNET

La nuit pâle flottait sur la plaine embaumée ;
La nature est si belle et l'air était si doux,
Que j'espérais encor, ma brune bien-aimée,
Savourer ici-bas quelque bonheur sans vous. —

Les gais oiseaux des bois chantaient dans la ramée ;
— Les oiseaux sont le soir plus poëtes que nous ; —

Des sons vagues troublaient la campagne animée,
Et c'était un concert à plier les genoux. —

Et pourtant moi, rêveur, je l'entendais à peine :
De trop amers regrets ma pauvre âme était pleine.
Je marchais, — je marchais, et je n'écoutais pas. —

Tant il est vrai, mon Dieu, qu'en le cœur du poëte
La plus céleste joie est toujours incomplète,
Si l'ange de l'amour n'accompagne ses pas. —

A UNE VALSEUSE

SONNET

Serai-je lu de vous, ô blonde au cou d'ivoire
Que je vis certain soir au bal l'hiver dernier?
Serai-je lu de vous? Je n'ose trop y croire :
Décembre est après tout si loin de Février! —

L'on peut en moins de temps perdre toute mémoire.
Au reste, une heure après, vous dûtes m'oublier;

Nous aimions à valser et nous en faisions gloire ;
Mais qu'étais-je pour vous? Qui pouvait nous lier? —

Vous peigniez, disait-on, et je me le rappelle.
Femme et peintre, — voilà de grands titres, ma belle;
Je sais pourtant lequel je préfère des deux.

Si j'étais peintre, moi, — vous seriez ma madone; —
Votre front est de ceux que la beauté couronne,
Et, quand vous souriez, le ciel est dans vos yeux. —

BIBLIOTHÈQUE IMPÉRIALE

A LA JOCONDE

SONNET

Non, jamais ton regard, — non, jamais ton sourire
N'eurent de profondeur maladive[1], — et tes yeux,
Noyés d'une douceur que nul ne saurait dire,
N'ont qu'un éclat divin qui fait rêver aux cieux. —

[1] « Ce serait chose immorale de lui dire (à une jeune fille) la profondeur maladive, — la grâce fiévreuse, sinistre, de la mourante Italie dans le sourire de la Joconde. — »

MICHELET. — *La Femme.*

Non, quand la vierge meurt, — quand sa maîtresse expire,
L'amant ne le voit pas dans son œil ténébreux ; —
C'est l'éclat qu'il adore et que l'artiste admire,
C'est le reflet du cœur, quand le cœur est heureux. —

Non, ta grâce jamais n'a tenu du délire ;
Tu sembles écouter les accords d'une lyre,
La voix de l'espérance, ou quelque chant du ciel.

Tu le sais, toi, Vinci, qui mis dans cette femme
La beauté du génie et l'amour de ton âme,
Et la fis rayonner d'un sourire immortel ! —

ADIEU !...

Adieu, jeunes amours écloses
Dans la saison où tout sourit,
Celle où rayonnent toutes choses,
Où s'épanouissent les roses,
Où comme elles le cœur fleurit.

Fraîches amours, amours dorées,
Embaumant pour moi le passé,
Amours par les pleurs consacrées
Dans quelques heures insensées
Où tout le reste est effacé, —

Je vous dois le bonheur, la vie
Avec son plus rare trésor.
N'êtes-vous pas mon harmonie,
Toute mon âme et mon génie ?
Oh ! je voudrais aimer encor ! —

Encor, — toujours ! l'amour au monde
Est ce qui rend l'homme meilleur.
C'est une extase si profonde,
Que la volupté qui la sonde
Se perd dans l'abîme du cœur. —

Mais le beau temps de la jeunesse
Ainsi qu'un rêve s'est enfui.
Dieu veuille qu'un jour il renaisse
Et que je boive encor l'ivresse
En des yeux absents aujourd'hui ! —

En attendant, adieu, folie, —
Nuits d'hiver au pied d'un balcon,
Par le froid, la neige et la pluie,
Dans l'espoir qu'une ombre chérie
Écoute en tremblant ma chanson. —

Doux sourires, regards de flamme,
Baisers du cœur, du cœur reçus,
Adieu ! — Tout fuit avec la femme,
Sauf l'espérance ; — adieu, mon âme !
O mes vingt ans, vous n'êtes plus !

Vous n'êtes plus, mais dans la vie
Le souvenir suit tous mes pas ;
Non, la rose n'est pas flétrie
Et la branche est toujours fleurie,
Mes vingt ans, vous ne mourrez pas !

Et maintenant, livre frivole,
Pauvre petit, prends ton essor
Comme la feuille qui s'envole, —
Et porte-lui cette parole :
« Aime-le, — car il t'aime encor ! »

BIBLIOTHÈQUE IMPÉRIALE

TABLE

BIBLIOTHÈQUE IMPÉRIALE IMPRIMÉS

PARIS — IMP. SIMON RAÇON ET COMP., RUE D'ERFURTH [illegible]

www.ingramcontent.com/pod-product-compliance
Ingram Content Group UK Ltd.
Pitfield, Milton Keynes, MK11 3LW, UK
UKHW020324250726
13967UKWH00004B/1851